Aus der Tiefe

Ada Christen

Herausgeber: Culturea (34, Hérault)
Druck: BOD - In de Tarpen 42, Norderstedt (Deutschland)
Website: http://culturea.fr
Kontakt: infos@culturea.fr
ISBN:9791041909247
Veröffentlichungsdatum: FEBRUAR 2023
Layout und Design: https://reedsy.com/
Dieses Buch wurde mit der Schriftart Bauer Bodoni gesetzt.

ER WIRT MIR GEBEN

Neue Gedichte

Ein Brief

O du Kindermund, o du Kindermund,
Unbewußter Weisheit froh,
Vogelsprachekund, vogelsprachekund
Wie Salomo!

Rückert.

Liebe Erna!

Du schlanke Frau, ich sende Dir mein Büchlein,
Und mit den Frühlingslüften kommt vielleicht
Es angeflogen in Dein stilles Dorf,
Ein Liebesgruß aus ferner, lauter Stadt.

Wenn in der Mittagsstunde Du alsdann,
Die Hände leicht gefaltet und gekreuzt die Füßchen,
Nachsinnend lehnest im Großvaterstuhl,
Gleich der Prinzessin aus dem Ammenmärchen,
Bewacht von zwei schneeweißen großen Katzen,
Die emsig spinnend auf der Diele kauern,
Wenn Frühlingsonnenschein durch's Fenster fällt,
Quer durch die Stube auf Dein blondes Haupt,
Wenn dann die alte Magd, die schweigsam saß,
Halb Deinen Athemzügen, halb dem Winde lauschend,
Dich plötzlich fragt in ihrer treuen Art:
»Was schrieb denn die Frau Ada heute ... Frau?!«
Da wird Dir klar, was Du gedacht, gefühlt,
Seit Dir mein Büchlein aus der Hand gefallen,
Und leise sagst Du dann: Sie kommt bald wieder!
Denn als gesucht Du schweigend, und geblättert,
Da füllten Deine frommen blauen Augen,
Die erst mit Kinderneugier niederblickten
Auf jedes Blatt – mit Thränen sich allmählig.

Warum? ... Ich habe niemals Dir erzählt,
Wie lichtlos mich das Leben immer dünkt,
Wie seine Räthsel allzeit mich gequält,
Und wie ich litt, weil Andere schwerer litten.

Ich habe Dir kein einzigmal gesagt,
Welch' helles Wunder Du an mir vollbracht:
Wie Deines schlichten Wesens milder Glanz,
Und Deiner Stimme seltsam-weicher Klang,
Und Deiner Liebe weiblich-zarte Sorgfalt
Mich selber mild und weich und zärtlich machten.
Wie ich mich freuen lernte, weil Du Dich
Erfreuen konntest voll und wahr an Dingen,
Die unbeachtet ich von jeher ließ.
Wie ich auflachen konnte harmlos-heiter,
Um über dieses Lachen dann gar oft
Verwundert lange selber noch zu lächeln.
Wie ich mit einmal singen lernte ...
Und fast erschrack, als meine herbe Stimme
Durch das Gemach scholl, wo Du horchend
Inmitten standest ... und bald ernsthaft mitsangst,
Anschmiegend langsam dich der lust'gen Weise,
Die frohbewegt sich sacht mein Herz ersann.
Und war es nicht ein wunderliches Bild,
Zwei Frauen in der Stube ganz allein
Sich drehen sehn' im Tanz? ... Ich wurde roth,
Als an dem Spiegel wir vorüberglitten.
So gab ich mählig mich Dir ganz anheim,
So ganz dem Zauber jener sanften Freude
Am Dasein, der Dich stets bewegt.
Ich lauschte Deiner Rede ... Weisheit dünkte
Mich die Geschichte Deines Kindheitsglückes,
Und Deiner Mädchenzeit harmlose Träume,
Und Deiner Brautschaft sorgenschwere Jahre,
Und Deiner Ehe reine Seligkeit.
Ich lebte mit Dir all' die Zeit zurück,
Und flog geschäftig mit Dir in die Zukunft
Bis in das Alter ... fern noch Deinem Scheitel.

So hobst Du mich, Dir selber unbewußt,
Hinüber aus der schweren Zwielichts-Müde,
Die sich auf meinen Geist gelagert, seit
Das Leben manches frühverfaulte Herz
Fast schmerzlos löste ab von meinem Herzen,
Und seit der Tod mir Eines jählings nahm,

Das ganz ich kenne, seit ich es verloren.

Und darum schwieg ich, ließ Dich stetig walten.
Mir war, als spräch's geheimnißvoll in mir:
»Nicht rühre an dem Zauber, den sie spinnt,
Nicht sinne ob des Wunders, das sie webt,
Nicht frage ob des holden Räthsels Lösung.«
Du schautest nur mein lächelndes Gesicht,
Und nun mit einmal zwingt Dich meine Seele,
Hinauszublicken in die Einsamkeit,
In der sie wie ein heimatloses Kind
Die dunklen Lieder träumte, die Du lasest.

Nicht weiß ich, ob ich wohlgethan, wenn ich
Aus weiter Ferne in Dein klares Leben
Die Schatten meiner Träume gleiten lasse.
Doch wenig haben Dichter zu verschenken,
Ihr höchstes und ihr bestes ist ihr Lied;

Ich sende darum es in Deinen Wald,
Wo wir im gold'nen Sonnenscheine gingen,
Hin in den Wiesengrund, wo Nebelseen
Im Mondenlicht gespenstig uns umwogten,
Den Berg hinan, wo jener hohe Baum
Hinausragt über alle andern Bäume,
Und in das Haus, wo im Großvaterstuhl
Mein Liebling sitzt, die lichtumstrahlte Frau,
Die blonde, sanfte, rührende Gestalt,
In deren Nähe Freude wohnt und Friede ...

Sie werden fragen, wer und wo Du bist,
Wie ein Gebilde meiner Phantasie Dich nehmen,
Da ich nur halb den lieben Namen nenne
Und nicht den Ort, wo ich Dich, Holde, fand.
Doch neidisch bin ich auf mein stilles Glück,
Gleich einen Schatz will ich Dein Herz mir hüten,
Und wenn ich wieder müde mich geschritten
In Herzensöden, Geisteswüsteneien ...
Wenn wieder Staub auf meinen Schwingen liegt,

Dann komm' ich wieder in Dein stilles Thal
Und Deine Seele wird mich doppelt lieben,
Weil dieses Buch Dich lehrt, *was* Du mir bist.

Herzenssünden

Ich sprach zur Taube: Flieg' und bring im Schnabel
Das Kraut mir heim, das Liebesmacht verleiht;
Am Ganges blüht's, im alten Land der Fabel.
Die Taube sprach: *Es ist zu weit.*

Ich sprach zum Adler: Spanne dein Gefieder,
Und für das Herz das kalt sich mir entzog,
Hol einen Funken mir vom Himmel nieder,
Der Adler sprach: *Es ist zu hoch.*

Da sprach zum Geier ich: Reiß aus dem Herzen
Den Namen mir, der drin gegraben steht,
Vergessen will ich lernen und verschmerzen.
Der Geier sprach: *Es ist zu spät.*

Fr. Coppée.

Er denkt:

Ich werde sie nicht los die alte Weise,
Ich muß sie summen schon seit langen Stunden,
Als hätt' ich ein vergeß'nes Lieb gefunden,
So schmeichelt, bittet, lockt es immer leise.

Welch reiches Fest das war! wie schön die Frauen!
Und doch nur Puppen gleichend, seelenlosen,
Die man geschmückt mit duftig-frischen Rosen ...
Zuweilen packte mich ein fröstelnd Grauen.

Stets diese Nacken, diese künstlich-weißen,
Und stets dieselben gutgeschulten Augen!
Ich weiß, was all' die Marionetten taugen,
Wenn jene Drähte, die sie führen, reißen ...

Manchmal ist mir, als ob in's Ohr mir raune
Den Liedertext die unbekannte Schöne;
Die Worte hör ich dann, die dunklen Töne,
Die sie *mir* sang in rasch erwachter Laune.

Ja ... jedes Wort war *nur* für *mich* gesungen,
Mir flammten ihrer Augen scheue Sonnen,
Mich lockten alle gleißenden Dämonen,
Die aus dem Liederkuß sich aufgerungen.

Ihr Lied

Alte Träume, alte Leiden,
Hörst in meinem Lied Du sprießen,
Alte Thränen siehst Du fließen
So wie einst bei unserm Scheiden.

Alte Träume, alte Leiden
Hörst Du leise bittend flüstern:

Nimmer sollst Du schmerzenslüstern
Lippen, die Dich küßten, meiden.

Sie denkt:

Es erlischt
Jeder Schmerz,
Jedes Leid
Ist hinweggewischt,
Der Erde Gewühl,
Die Welt versinkt
In Einem Gefühl
Der Seligkeit ...
Jeder Blick, er trinkt
Die rauschende Zeit,
Wenn Auge und Herz
An dem Zeiger hängt
Und alles Leben
Zusammendrängt
In den Einen
Einzigen Gedanken:
Er kommt!
Bald ist er da! ...

Er spricht:

Du rufest mich? ... Nun sag', was soll ich hier?
Die Affen sehen und die Papageien
Und die Gemächer voll von Spielereien?
Dich singen hören? Sag', was bin ich Dir? ...

Und selber Du? ... Was könntest Du mir sein?
Ich glaube nur an Deine schöne Hülle,
An Deiner Locken goldigrothe Fülle,
Mit Dir vereint wär' dennoch ich allein.

Nicht schüttle stumm die Rosen aus dem Haar,
Und horche auf: Es taugen wohl zusammen
Verrauschte Fluthen und verwehte Flammen,
Doch niemals Herzen, alles Glaubens bar.

Er denkt:

Sie wagt es dennoch! hat den Pakt geschlossen ...
Ich ließ sie keine grimmen Eide schwören,
Das alte Lied nur will ich manchmal hören
Und neue kümmerliche Weiberglossen.

Will hören, was ihr Welt und Menschen galten;
Will sehen, wie in guterfundnen Zügen
Als Wahrheit wiederspiegeln sich die Lügen,
Die ihr Gehirnlein rasch weiß zu gestalten.

Nicht Thorheit, Täuschung, feige Herzenssünden
Vermögen mich so bald von ihr zu trennen;
Vielleicht lehrt sie mich Weiberart erkennen,
Die Keiner noch vermochte zu ergründen.

Ich bin ein Thor ... denn einer Thörin Mund,
Die schier zu schwach zum Guten wie zum Bösen,
Soll mir das unheilvollste Räthsel lösen?
Was that sie mir seit langen Monden kund?

Nicht einen einzig' neuen Zug der Frau,
Nichts konnte ich aus ihrem Lachen lesen,
Aus ihren Thränen, ihrem Flimmerwesen,
Das sich oft abdämpft bis zum trübsten Grau ...

Wenn ich nur wüßte, warum ängstlich-fest
Oft ihre Hände meinen Arm umklammern,

Verstände ich der Augen scheues Jammern,
Das halbe Wort, das schwer sich deuten läßt!

Seltsames Weib ... das schüchtern, ungeliebt,
Halbwachend nur hin durch die Welt geschritten
Und wie im Traume jedes Leid erlitten,
Das die Verlassenheit dem Weibe giebt.

Ein Blättchen gab sie mir mit stummer Hast
Als Antwort auf die wohlbedachte Frage:
Ob Langeweile sie nicht längst schon plage,
Ob ich ihr nicht ein unwillkommner Gast.

Sie schüttelt mit der Feder fort die Last
Und wimmert redlich um vergangne Tage.
Ich weiß, es endet tragisch mit der Klage:
»Das Leben ist mir bitterlich verhaßt!«

Sie schreibt:

Alte Träume, alte Leiden
Hörst in meinem Lied Du sprießen,
Alte Thränen siehst Du fließen ...
Laß uns nimmer, nimmer scheiden!

Er denkt:

Warum sie lieben? ... Gleicht sie denn nicht Allen?
Wär' sie auch besser, was gewänn' ich dann?
Ein Glück, das meine Hand erfassen kann,
In meiner Hand zerbrechen kann, zerfallen.

Das ist vorbei ... doch wenn ich suchend drücke
Die Fänge meines Geistes in ihr Hirn,
Dünkt mich, daß hinter dieser hohen Stirn
Ein Etwas liegt, das einst gefehlt dem Glücke.

Ich grüble, denke, weil voll Uebermuth
Sie mich in einer tollen Stunde rief.
Weil sie nun selber sich vergarnt so tief,
Und zu mir spricht in schamvoll-scheuer Gluth?

Weil sie verwirrt und ungeschickt mir schreibt,
Und laut zu lachen sich vergeblich müht,
Und weil ihr feines Angesicht verblüht?
Das ist nicht gut ... Ist das vorbei, was bleibt?

Was bleibt am Weib Erträgliches uns noch,
Wenn er verschwand, der sanfte Schönheitsglanz,
Und über allen Herzensfirlefanz
Der erste graue Herbstesnebel kroch.

Sie denkt:

Nicht weil Du fern bist,
Weil ich Dich misse,
Bin ich so traurig;

Nur weil Du stolz
Geheime Schmerzen
Schweigend erträgst.

Weil geisteseinsam
Mit kalten Fremden
Du Stunden verlebst,

Weil jedem Bettler
Auf deinem Wege
Du Mitleid zollst.

Weil jedes Thier,
Siehst Du es leiden,
Dein Herz bewegt.

Und nur für mich,
Die auf weiter Erde
Allein Dich liebt.

Fehlt Dir die Zeit,
Die Freundschaft, die Milde,
Fehlt Dir das Mitleid.

Wie arm bist Du! ...

Er schreibt:

Wir müssen auseinander, Kind,
Mich drängt es in die Fluth hinaus.
Still wie Dein Wesen war Dein Haus,
Ich sehne mich nach Sturm und Wind.

Bekränze doch Dein Flammenhaar,
Sing' einem Anderen Dein Lied;
Der heute ruhig von Dir schied,
Ging wie er kam, der Liebe bar.

Sie schreibt:

Ich schaue mit Entsetzen jetzt, wohin
Mein Herz ließ wehrlos sich allmälig zwingen,
Wie alle Demuth, alles Leiden, Ringen
Nicht wenden konnte Deinen kalten Sinn.

Da heute liebelos Du mir gestehst:
Daß Dir im Gleichmaß sei die Zeit verronnen,
Daß Du verloren Nichts und Nichts gewonnen

Und wie hinweg von einer Fremden gehst.

Von einer Todten – wo Dein Geist nur sann,
Ob Herz, ob Hirn der Sitz war ihrer Seele –
Sie meidend, daß ihr Anblick nicht erzähle,
Was am lebend'gen Wesen Du gethan ...

Aus ihrem Tagebuche

»For thou hast been
As one, in suffering all, that suffers nothing«

Hamlet.

Seit Du mich verlassen
Ersticke ich schier
In meinen Gemächern.

Wo Alles mich mahnt
An das Vergang'ne,
Und Deine Gestalt

– Wohin ich nur blicke –
Entgegen mir tritt,
Wo Alles noch spricht

Mit einer Stimme
So wohl mir bekannt,
In einer Sprache,

Die Niemand versteht,
Als meine Seele ...
Wo für mich noch weht

Der Hauch Deines Athems,
Wo für mich noch schwebt
Der Duft Deiner Locken;

Wo für mich noch bebt
Im Ticken der Uhren
Ein ruhiger Pulsschlag

Der schlanken Hände,
Die auf meinem Haupt
Nur flüchtig lagen

Oh flüchtig und kühl,
Als Du mich verlassen
Für alle Zeit! ...

Wüßt' ich nur einmal
Dich noch zu finden
So wie Du gewesen,
Als ich Dich sah
Am ersten Tage.
Ich würde gehen
Dornige Wege
Mit nackten Füßen
Und blutigen Sohlen,
Stumm, ohne Klage ...
Ich würde Dich holen
Aus Noth und Elend,
Dein Heil erflehen,
Deine Sünden büßen!

Wüßt' ich nur einmal
Noch so Dich zu sehen
Wie Du gewesen
Am ersten Tage,
Ich würde suchen
Suchen ... suchen ...
Aber ich weiß es,
Wenn ich Dich finde,
Bist Du ein Andrer,
Bist wieder so hart
Wie an dem Tage,
Als ich Dich gesehen
Zum letztenmal.

So bist Du ein Andrer!
Dein schönes Haupt
Ruht an einem Herzen,
Das nimmer Dich liebt,
Das nicht an Dich glaubt.
Du lebst in Qual,
Nichtswürdige Schmerzen
Verzehren Dich,
Du fühlst, es giebt
Für Dich keinen Frieden,
Du fühlst, es wich
Dein Glück, seit wir schieden.

Ich aber, die stumm,
Ohne Hoffnung und Trost,
Gesucht Dich ... gesucht
Und endlich gefunden –
Ich stehe wiederum
Einsam, verstoßen,
Vor Deinem Haus,
Vor Deinem Herzen –
Verstoßen ... einsam!

Oh fehlte nur Erinnerung an die Stunde,
Die ich verlebt in fieberndem Entzücken,
Entgegenträumend Deinen ernsten Blicken,
Dem Druck der Hand, dem Wort aus Deinem Munde.

Und nun liegt Alles todt auf tiefstem Grunde,
Das ganze Traumglück sah ich Dich zerstücken,
Und uns zusammen führen keine Brücken ...
Oh fehlte nur Erinnerung an die Stunde!

Wenn in dieses Sterben
Der Glocke Schall
Oft plötzlich tönet,

Dann fliegen die Pulse,

Mein mattes Herz
Erzittert lauschend,

Als stünde das Leben
Vor meiner Thür
Und trüge versöhnt

Deine schönen Züge,
Die nur im Traum
Mich zärtlich grüßen.

Jäh ist mir manchmal durch den Sinn gegangen,
Was wohl geschieht, wenn wir uns nun begegnen?
Ich dachte mir, ich könnte Dich nicht segnen,
Wenn Deine Augen fremd an meinen hangen.

Doch als Dein kalter Blick jetzt traf den meinen,
Da schwankten rings die Menschen, Häuser, Gassen,
Ich aber wollte Deine Hand erfassen,
Anklammern mich und weinen, laut aufweinen ...

Die Welt ist so groß –
Leicht kann sich verbergen
Ein trauerndes Weib.

Wir können nicht weilen
Am selben Ort,
Es giebt kein Meiden.

Mir unbewußt führt
Mein Herz mich die Wege,
Die täglich Du gehst.

Und still wie Dein Schatten
Folg' ich Dir nach
Und bebe zusammen,

Wenn träumend oft hängt

Dein prüfendes Auge
An einem Antlitz.

In Jugend und Schöne,
Lächelnd, blühend,
Wie vormals das meine.

Die Welt ist so groß, –
Leicht kann sich verbergen
Ein glückloses Weib.

Er schreibt:

Wenn jener echte Opfermuth
Noch heute Dir das Herz bewegt,
Wenn es ein treu Erinnern hegt,
So komm ... Es ging zu hoch die Fluth.

Am Strand lieg' ich in Seelennoth,
Großmüth'ger Thorheit eingedenk,
Die, unterwürfig, als Geschenk
Einst eine Welt von Liebe bot ...

Sie denkt:

Sie fragen mich nicht
Die mitleidigen Sterne,
Was mich bewegt ...
Aus endloser Ferne
Leuchtet ihr Licht
Mir in die Brust ...

Sie fragen mich nicht
Die geduldigen Sterne,
Sie lauschen lautlos,
Als hörten sie gerne
Was Sehnsucht spricht.
Auch sie gehorchen
Willenlos schweigsam
Der lenkenden Kraft
Die herrschet unbeugsam.
Was mich bewegt
Fragen mich nicht
Die mitleidigen Sterne.

Er spricht:

Wohl sind es Monde jetzt, seit ich Dich mied,
Doch vorwurfslos hast Du mich aufgenommen,
Mit freudiger Scheu sahst Du mich wiederkommen,
Von bleichen Lippen klingt Dein altes Lied.

Sei nicht so rathlos ... Ich bin kein Tyrann,
Bin kein Romanheld voll studirter Qualen
Ein Zweifler bin ich, innerlich zerfallen,
Ein glaubensloser, lebenskranker Mann.

Sie spricht:

Ob ich zurecht mich in der Ferne fand?
Ich suchte Menschen auf und laute Straßen,
Ich konnte Keinen lieben, Keinen hassen,
Und Keiner bot mir mitleidsvoll die Hand.

So trieb ich ruhelos von Land zu Land,
Ein Blatt im Wirbel, einsam und verlassen,
Und sehnte mich nach Deinem Haupt, dem blassen,
Wie nach der Heimath, die ich niemals fand ...

Er schreibt:

Warum der Liebelose wiederkam,
Das fragt mich oft Dein bang-beredter Blick,
Verödung führte mich vielleicht zurück,
Vielleicht ein Selbstgericht, vielleicht auch – Scham.

Denn oft frug ich in dumpfer schwüler Nacht,
Was Dich, Du großes willenloses Kind,
An mich gekettet einst so wahr, so blind
An mich, der hart geredet und gedacht.

Und forschend weilt' ich bei der Frage lang ...
Bald wuchs an Dich der Glaube unbewußt,
Und in der leeren, sturmzerwühlten Brust
Gar mahnungsvoll Dein altes Lied erklang.

Sie schreibt:

Ich sagte Dir, daß ich Dich lange kannte,
Bevor Dein Auge jemals mich geschaut.
Gedenke nur der hellen Sommertage,
Die Du verlebt hast in den Alpen einst.

Da war ein Morgen, wo mich Vogelzwitschern
– Noch halbverhalten und doch traumgeschwätzig –
Hinausrief auf die blanke Holzaltane.
Es flüsterte ein schwacher, kühler Wind,
Und feuchte Nachtluft strömte aus den Büschen,
Und jeder noch so leise Ton war hörbar.
. . . .

Da stand ich lange, lauschte in die Ferne,
Mein Herz erbebte und schlug freudevoll,
Als harrte holder Zukunft es entgegen,
Die sacht heraufzog mit dem jungen Tag,
Der schon mit zartem Roth die Berge färbte.
Und wie ich also lauschend, betend stand,
Kam aus dem dunklen Thal ein Mann herauf
Und schritt auch achtlos-still an mir vorüber.
Der Wanderer ging einsam seinen Weg
Hin durch die würzig klare Morgenluft,
Kein Strauch, kein Baum stand auf dem Felsenfirst,
Nichts als dies Eine Wesen war zu sehen,
Das langsam unermüdlich aufwärts stieg ...
Bald hob die schlanke, männliche Gestalt
Befremdlich-scharf sich ab von Luft und Himmel
Hoch oben auf dem langgestreckten Grat.
Mit einmal aber schaute ich den Mann
Vor meinem Blick urplötzlich ganz verwandelt,
Denn aufgewachsen war er jählings jetzt
Zu einer *mächtig-riesigen Gestalt,*
Zu einer *hehren, übermenschlichen ...*
So ragte er schier dräuend in den Himmel
Und hob mit wilder, schmerzlicher Geberde
Die Arme auf, der Riese, der Titan! ...
Und wie des Falken Schrei flog auf ein Laut,
Vom Echo gellend wieder rückgegeben.

Da faßte mich ein unaussprechlich Weh,
Ein großes, unverscheuchbar-tiefes Mitleid;
Mir war, als müßte ich zu ihm hinauf
Und leise mich an seine Seite stellen
Und so geduldig harren, demuthsvoll,
Bis selber meine Hand er fassen würde
Und an des Weibes Herz die Qualen legen,
Die er hinauftrug in die Einsamkeit.
Zum erstenmal erschrak ich vor dem Sein,
Und unklar überfiel mich eine Ahnung,
Wie viel des Elends liegt auf jeder Seele,
Wie viel ich hülflos selbst seit jeher trug.
Ach Alles drängte mich zu ihm hinauf,

Mir war als müßte ich von ihm erflehen,
Daß neben ihm ich weiter schreiten dürfe
Den langen, staubbedeckten Weg des Lebens.
Doch als ich, solches träumend, aufwärts sah,
Erhob sich höher einmal noch sein Leib,
Aufreckend trotzig sich in Schmerzgeberden;
Dann ... sank er in den Boden jäh vor mir,
Vom Grat zur andern Seite niedersteigend,
. . . .

Du warst der Fremde auf der lichten Höhe,
Und mit dem Bildniß jenes Uebermenschen,
Des schmerzgequälten, einsamen Titanen
Bin ich zurückgekehrt in das Gewühl
– Das ich für Freude hielt in andern Tagen –
In das Gewühl der Stadt, zu ihren Festen,
Die schaal und leer mir wurden, weil ich *Dich*
Oh unablässig immer *Dich* nur suchte ...
Bis ich Dich endlich fand an jenem Abend,
Und nur für *Dich* ... das alte Liedchen sang.
Wenn ich Dich rief, und mich an Dich geklammert,
– Gedankenlos und launisch, wie Du denkst –
So war es nur, weil ich so tief Dich liebte.
Denn wie Dein Leib so hehr auf jener Alpe
In gottgeweihter, stiller Morgenstunde
Verklärt von Licht vor meinen Blicken stand,
So groß und herrlich dünkte mich Dein Herz,
Das großes Leid nicht kleinen Menschen klagt,
Und meine Seele hat sich angeschmiegt,
Und stumm gefleht, daß Du hinauf sie führest
Aus diesem Dämmerreich von Nacht und Licht
In eine klare, sonnenwarme Luft ...

Und wenn ich manchmal an Dir irre wurde,
Losringen wollte mich mit letzter Kraft,
Stand wieder vor dem angstverwirrten Sinn
Gepeinigt die titanische Gestalt
Und hob empor mit wildem Schrei die Arme,
Und mahnte, daß ich Dich nicht lassen darf,
Weil ich allein Dein herbes Leid erschaute.

Ich beugte stumm das Haupt und trug es wieder,
Was abzuschütteln nie den Muth ich fand,
Denn schmerzlich hab' ich immerdar gefühlt
In solcher Stund': *ich kann Dich nimmer missen*.

De profundis

Tod! der Du meine innersten Gedanken
Beherrschest, unbezwingbar, unaufhaltsam.
– – – – – – – – – – – – – – –
Tod, den ich scheu betrachtet und betastet.

Dranmor.

Maryna

Seit Du gestorben, bin ich recht allein.
Ich träume oft, es müsse anders sein,
Dann sag' ich mir: Sie ist nur fortgegangen
Und kehret wieder, denn sie ahnt mein Leid.
Dann kommst Du lachend wie in alter Zeit
Und streichelst hastig-redend meine Wangen.

Und ich erwache ... will Dich wiedersehn,
Will Dich in einem Winkel noch erspähn,
Ich suche wie die Mutter nach dem Kinde!
Doch plötzlich fällt mich der Gedanke an:
Daß ich die Welt zu Ende laufen kann
Und nirgend ... nirgend ... nirgend ... *Dich* mehr finde!

Fragment

O lacht nicht

Und zürnt nicht ...
Ich stürzte mich gern
In das rauschende Leben,
Ich möchte ja gern
Den Becher erheben,
Den schäumenden Becher
Der Daseinslust.
Ich möchte sprechen
In Euren Sprachen,
Ihr frohen Zecher;
Aus tiefer Brust
Nur einmal lachen,
So lachen wie Ihr ...
Wie Ihr möcht ich brechen
Der Trauer Schranken
Und in ein Vergessen
Hinüberschwanken ...
Ich möchte gedankenlos-klein
Nach allem Nichtigen fassen,
Das Unbedeutende preisen,
Das Große unbewußt hassen –
Wie Ihr seid, möcht ich sein.

Doch was ich hörte
Und was ich schaute,
Es macht mich einsam,
Mein Geist, der bethörte
Hat nicht die Laute
Des Schmerzes gemeinsam
Mit gleichen Creaturen.
Und darum fürchte ich Alle,
Es gähnt mich drohend an
Die feindliche Schaalheit
Der fremden Naturen,
Daß ich nicht glauben kann,
Ich zähle zu ihrer Allheit ...

Aus Euren Bahnen
Hinausgedrängt,
In Wissen und Ahnen

Begrenzt und beengt,
Im innersten Wesen
Zerrissen ... Allein!
Und kein Genesen
Von dieser Pein.

Immer – immer – immer
Mitschleppen die Begrenzung,
Den Leib, den eignen Widerpart!
Wo bleibt die Ergänzung?
Wo bleibt die Hand,
Die wegfegt alle Mängel
Und alle Halbheit einigt?
Die jenes Wesen, das stets
Thier und Engel,
Zum Menschenbilde reinigt?
Kann Herz und Hirn
Nicht tröstend Antwort geben?
Nicht das Gestirn,
Das gebärende Leben?!
. . . .

Nein! Vertilgt ist jenes Schrittes Spur,
Die von dem Aether führt zum Staube,
Des Suchens Thorheit blieb mir nur:
Unwissenheit! ... Kinderglaube ...
Oder trostlose Einsamkeit.

Einsamkeit ohne Vergessenheit!
Ein hülfloser Schrei
Ins Leere ... ohne Erhörung,
Oder ein jäher Blitz:
Vernichtung ... Zerstörung!
Vernichtung! Zerstörung!
Das alte Erlösungswort,
Es klingt voll süßer Bethörung
Durch alles Elend fort ...
Wer aber weiß, wie viel dann untergeht,
Ob in Atomen tausendfach zersplittert
Nicht etwas Körperloses fortbesteht,

In dem das Lebenselend *dennoch* zittert?
Wo sind sie Alle jene Zwitterwesen,
Die leidensmüde riefen solche Klagen?
Auf welchem Stern vermochten sie zu lesen
Die dürre Antwort ihrer tollen Fragen?
Wenn ihnen die Vernichtung nur allein
Des Daseinsräthsels Lösung konnte sagen –
Was frommt es uns? ... Der kalte Leichenstein
Er kündet Wahnsinn – oder feiges Zagen.
– – – – – –

O lacht nicht
Und zürnt nicht;
Ich stürzte mich gern
In das rauschende Leben,
Ich möchte ja gern
Den Becher erheben,
Den schäumenden Becher
Der Lebenslust.
Doch ich fürchte sie Alle
Die frohen Zecher,
Denn in meiner Brust
Ringt Tod und Leben ...
Ich bin allein!

Dorfbilder

»Merkwürdige Gemälde, welche das
Auge für den Gedanken entdeckt.

Ch. Nodier.

Kirmes

Der Brummbaß murrt und die Geige schreit,
Und die Trompete spektakelt!
Juchheisa! lustige Kirmeszeit! ...
Da kommt der Pfarrer gewackelt.

Juchheisa! seiner Dirn' einen Kuß
Der Bursche giebt mühvergessen,
Sie tanzen! ... »Wie ist der Lebensgenuß
Dem Volk mit Scheffeln gemessen!«

So brummt der Pfarrer und blinzelt hin
Und grollt der Lust, der schlichten,
Und quält sich ab mit lüsternem Sinn,
Die Sünde hineinzudichten.

Der Arzt

Zwei Schläger, Trinkhorn und Cerevis
Schmücken die hellen Wänd'
In voller Wichs noch überdies
Hängt mitten ein Corpsstudent.

Es gleicht das flotte Conterfei
Nimmer dem Original,
Die Nase theilt ein Schmiß entzwei,
Der schöne Kopf ist jetzt kahl.

Und eben klagt ihm ein Bauer breit:
»Hoh-le ... Zäh-n-e!! ... Theures Bier!«
Er summt: »Oh Burschenherrlichkeit,
Was wurde aus Dir und mir!'

Ein Balg[1]

Die alte Frau hat ein hartes Gesicht,
Doch kluge sanfte Augen,
Die wenig mehr beim Pfenniglicht
Und nicht zum Weinen taugen.

Sie war ein Balg ... Als Findelkind
Verlaßner als die Armen,
Bat weder Herren noch Gesind
Um Futter und Erbarmen.

Sie griff fest zu und schaffte stramm
Wie ehrbar-ernste Leute,
Daß nie sie Unverdientes nahm
Erfreut das Weib noch heute.

Sie zeigt auch jetzt mit Bauernstolz
Erdarbte Thalerscheine:
»Die sind mein *unverbranntes* Holz,
Meine *ungetrunknen* Weine ...

Die sind mein *ungegessenes* Brod,
Auf jedem steht geschrieben:
Ein Alter ohne Schand' und Noth ...
Und was mir Gott schuldig geblieben.«

Der Schulmeister

Der spindeldürre blasse Cumpan
Voll wohlgefügter Reden

---

[1] Ein Findling.

Schaut prüfend sorgsam die Menschen an,
Als examinirte er Jeden.

Die Augen sind klein, das Stimmchen fein,
Gezirkelt alle Geberden,
Man sagt, er sprach vor Jahren Latein
Und wollte auch Dichter werden.

Jetzt hat er oft Hunger ... immer Durst ...
Und dichtet nur epigrammatisch,
Verwerthet für Wein als Wirthshaus-Hanswurst
Auch sein Talent dramatisch.

Eine Heimgekehrte

Ein gelbes Kleid! und Edelsteine!
Ei, die ist spaßhaft hergeputzt!
Doch Augen hat sie wie nur Eine,
Hübsch wenn sie lacht, hübsch wenn sie trutzt.

Von Federn strotzt ihr Hut ihr feiner,
Lorgnon und Fächer trägt sie gar,
Kein Handschuh macht die Hände kleiner
Der Kuhmagd, die sie früher war.

Auch lustig ist das Ding geblieben,
So kindisch-eitel, schwatzhaft-froh,
Trotzdem es sich herumgetrieben
Gedankenlos und herzensroh

Doch Eines hat sie gut begriffen
Und es den Städtern nachgethan:
Sie fing mit dummen Weiberkniffen
Sich einen klugen, reichen Mann.

Mondnacht

Das grüne Thal träumt stumm im Mondenlicht
Und feierlich die Bäume niederschauen;
Der Nachtwind selbst regt seine Flügel nicht,
Lautlos im Wiesengrund die Nebel brauen.

So schlafumfangen liegt jedwedes Haus,
Nur eins gießt Lampenschein durch alle Scheiben;
Lang tönte heller Zitherklang heraus,
Und frisches Lachen, frohes Zechertreiben.

Doch plötzlich schwieg es ... und wehmüthig-sacht
– Weil Freunde sich zum letztenmal umfassen –
Verklingt das Volkslied in der Herbstesnacht:
»Hab' treu geliebt Dich über alle Maßen.«

Bekenntnisse

Was innerlich Du bist und hast,
Nach außen wird sich's frei bewegen,
Kein Zaudern hilft und keine Hast,
Du gehst Dir ewig selbst entgegen.

Platen.

Meine Muse

1.

Ueber jähe Freud'
Und wehes Zagen,

Ueber Seligkeit,
Verzweifeltes Wagen,

Ueber tiefes Leid
Und schweres Entsagen ...

Hat mich getragen
Deine strenge Hand
In geweihten Tagen.

2.

Ich weiß es wohl, nur Trotz und Widerspruch
Hört ihr aus jedem meiner Verse reden,
Und dieses kleine unscheinbare Buch,
Ihr werdet es verdammen und befehden.

Oh thut es nicht! ... weil ich nicht singen kann
Der Freude Lied, sollt ihr nicht fürder grollen,
Was meine Muse trauervoll ersann, –
Glaubt mir, ich hab' es oft nicht singen *wollen*.

Wenn ich es dennoch immer wieder sang,
So ahnte mir, daß wo an fernem Orte
Ein Qualverwandter wortlos-leidend rang,
Der seinen Aufschrei fand in meinem Worte.

3.

Denn meine Muse ist ein ernstes Weib,
Das mich nicht aufsucht, um mit mir zu scherzen,
Das nicht mit Flitter sich behängt den Leib,
Das jedes Lied holt aus geprüftem Herzen.

Wenn sie den Schleier stolz vom Haupte zieht
Und mich ihr Antlitz läßt, ihr weißes, schauen,
Dann fühle jäh ich, wie die Freude flieht,
Und meine Seele fasset hehres Grauen.

Ich schreite stumm an ihrer Hand den Pfad,
Der tief hinabführt zu dem schwarzen Flusse,
Und lausche, wenn sie dem Gewässer naht,
Erschüttert ihrem trauervollen Gruße,

Den sie zu Hörigen der Mühsal schickt,
Die drüben an dem kahlen Ufer harren,
Von wo der Glücklose herüberblickt,
Der viel gehofft vor langen, langen Jahren.

4.

Glaubt Ihr, ich könnte doch ein frohes Lied
Hier angesichts des andern Ufers singen,
Wo Manche harren, die, als ich einst schied,
Mit bangen Blicken folgten meinem Ringen?

Die arm und niedrig – wie sie jetzt noch sind –
Einfältigen Tones treue Worte sprachen,
Und für das kleine frühverwaiste Kind
Ein Stück vom eignen kargen Brode brachen.

5.

Zuweilen tröstet mich die Muse wohl,
Sie werden langsam doch herüberschwimmen,
Sie werden endlich muth- und mühevoll

Doch dieses steile Ufer noch erklimmen.

Sie werden doch auf festen guten Grund
Noch ihre armen dürftigen Banner stellen,
Und nimmer kämpfen, hungermatt und wund,
Ihr lebelang nur gegen Wind und Wellen.

Erhobnen Hauptes weis't sie auf die Schaar,
Die durch den schwarzen Fluß der Noth geschritten
Und doch zu Jenen stehet treu und wahr,
Mit denen ehmals drüben sie gelitten ...

Gemein

1.

Zuweilen dünkt Dich: reich bin ich ja doch,
Denn immer hab' ich etwas noch zu geben,
Wer mir nur naht, er nimmt ein Stücklein noch
Aus diesem armgeplündert-dunklen Leben.

Du schauest voll Bewunderung sie an,
Die auszunützen Dich so wohl verstanden.
Noch sind sie höflich ... werden grob sie, dann
Weißt Du, daß sie zu nehmen Nichts mehr fanden.

2.

Immer fein nach der Schablone,
Immer fein in dem Geleise!
Leg' zurecht Dir Schmerz und Wonne
Nach der hergebrachten Weise.

Und kann nicht in alle Formen
Dein vertracktes Wesen passen,
Widerstrebt es dir, mit Normen,

Altgewohnt, dich zu befassen,

Ei, so lasse dich auch stutzen,
Lasse dich ein wenig blenden;
Um die Form nicht zu beschmutzen,
Laß den Inhalt lieber schänden.

Lasse langsam Dich dressiren
Zu der Alltags-Kleingeld Phrase;
Lern' gleich Anderen brilliren
Mit der hohlsten Seifenblase.

Deinen Ruhm an allen Orten
Werden sie dann singen, sagen –
Aber was aus Dir geworden,
Darfst Du selbst Dich niemals fragen.

3.

Du kämpfest nutzlos gegen jene Macht,
Die alle Worte nicht erschöpfend nennen,
Woran die Brust wir stets uns blutig rennen,
Die unsre tiefsten Schmerzen frech verlacht.

Was liebevoll der Welt Du zugebracht,
Wofür begeistert treue Herzen brennen,
Es scheitert doch ... Du wirst es noch erkennen
An des Gemeinen ewig starker Macht.

Noth

All' Euer girrendes Herzeleid
Thut lange nicht so weh,
Wie Winterkälte im dünnen Kleid,
Die bloßen Füße im Schnee.

All' Eure romantische Seelennoth

Schafft nicht so herbe Pein,
Wie ohne Dach und ohne Brod
Sich betten auf einen Stein.

Wisst es!

Wißt, mich betrübt die Schönheit, die ihr preist,
Ich schaue bitteres Menschenelend sprießen
Auf diesem Stern ... wie soll mein Geist
Dann seine hehre Schönheit rein genießen?

Wißt, mich betrübt die Schönheit, die ihr preist,
Denn durch des Wohllauts kunstgeformter Schöne
Klingt mir der Wehlaut, der mein Herz zerreißt,
Der Daseinsqual naturgewalt'ge Töne.

Gegenüber

Dort in des Thurmes Glockenstube,
Dort tänzelt auf dem Fensterbrett
Ein blondgelockter kecker Bube
So leicht als ob er Flügel hätt'.

Er lacht und horcht dem klaren Singen
Der tiefgestimmten Glocken zu,
Hebt seine Arme hoch wie Schwingen
Und stört der Tauben Mittagsruh.

Und jetzt erblickt er mich herüben,
Winkt mit der Mütze frohen Gruß,
Zeigt, daß auf lose Steine drüben
Sich stützt sein unbeschuhter Fuß.

Ob Spielgenossen ihn erwischen,
Ob ihn der Lehrer nicht entdeckt,

Belauert sorglich er dazwischen,
Sein Auge fragt mich oft erschreckt.

Ahnt er in mir auch den Gefährten,
Der zwischen Erd' und Himmel schwebt
Und nicht vor dem zerschmettert werden,
Doch vor des Lehrers Ruthe bebt?

Fünf Treppen hoch

Fanny Meißner
in treuer Freundschaft zugeeignet.

Ich besaß es doch einmal,
Was so köstlich ist!
Daß man doch zu seiner Qual
Nimmer es vergißt.

Goethe.

1.

Fünf Treppen hoch, fünf Treppen hoch,
Dem Himmel nah, dem blauen,
Die Tauben nur vermögen noch
In unser Heim zu schauen.

Tief unten liegt die Welt, es dringt
Nur in verlornen Tönen
Herauf, was so betäubend klingt,
Ihr Jubeln und ihr Stöhnen.

Wenn es auch oben einsam ist,
Du sehnst Dich nicht hinunter,
Und wie Dein kleiner Vogel bist
Du immer froh und munter.

Vom Kirchthurm in die traute Ruh'
Des Stübchens manchmal klingen
Die Glockenstimmen ... aber Du
Kannst doch viel schöner singen.

Fünf Treppen hoch, fünf Treppen hoch
Halt ich Dich treu geborgen,
Was gilt die Welt mir unten noch
Mit ihren grauen Sorgen.

2.

Schau! über unserm Fenster
Da bauet rasch und fest
Ein schmuckes Schwalbenpärchen
Behutsam sich sein Nest.

Das ist ein gutes Zeichen!
Die bringen Glück und Freud,
Wenn auch die Ahne sagte:
»Das schwatzen dumme Leut.«

Sie war stets eine kalte,
Bärbeißig-harte Frau,
Nur Unglückszeichen konnte
Sie deuten ganz genau.

3.

Bald jährt sich unser Hochzeitstag,
Wo ich durch Sturm und Regen
– Die zitternd mir im Arme lag –
Dich hertrug – mir zum Segen.

Wie bist Du demuthvolles Kind
So hilflos dort gesessen,
Im Schornstein wimmerte der Wind,
Ich kann es nie vergessen.

Mein heißes Blut begehrte Dich,
Doch rührte mich Dein Bangen,
Und einem tiefen Mitleid wich
Mein liebendes Verlangen.

4.

Jetzt schlägt die Uhr –
Ei schilt mich nur,
Sonst geh' ich nicht hinaus!
Mein liebster Platz
Ist immer, Schatz,
Bei Dir im stillen Haus.

Viel Pracht und Glanz
Im Wirbeltanz
Vorbei da unten jagt.
Nach all der Macht
Und Kleiderpracht
Hab' sonst ich nie gefragt.

Jetzt aber schleicht
Sich schmeichelnd-leicht
Gar mancher Wunsch zu mir,
So hohe Schuh,
Ein Kleid dazu
Brächt' ich gar gerne Dir.

Ei lächle nicht!
Ein armer Wicht
Träumt viel den langen Tag,
Fern muß ich sein,
Und du *allein* ...
Das ist die größte Plag.

Die dumme Uhr! –
Ja schilt mich nur
Und jage mich hinaus.
Viel Arbeit harrt,
Für mich bewahrt,
In meines Meisters Haus.

5.

Die Arbeit geht mir von der Hand,
Aber mein Sinn ist trüb ...
Ich liebe Dich und bau auf Sand
Denn Du – hast mich kaum lieb,

Ich füge fleißig Rad zu Rad,
Doch thut das Herz mir weh!
Ich muß dran denken früh und spat,
Bis ich Dich wiederseh!

Dann sag mir: »Ich gehör' Dir an!«
Dein liebliches Gesicht,
Dein Mund, er küsset mich sodann,
Doch – Deine Seele nicht ...

6.

Ich muß die Menschen immer wieder segnen,
Die gütevoll mir einst mein Handwerk lehrten.
Bin ich doch einer von den Vielbegehrten!
Und jedem Meister darf ich stolz begegnen.

Nur Träge schreien stets von Mühe, Frohne,
Nach Willkür kann mit meiner Zeit ich schalten,
Um Deinetwillen nur mag ich es halten,
Als ob ich stände noch im kargen Lohne.

Bald will ich Meister sein und nicht Geselle,
Und darum heißt es frisch die Hände rühren,
Dann kann ich bald in jenes Haus Dich führen,
Das auf der Erde Dir die *liebste Stelle*.

7.

Die liebste Stelle ... arme, arme Waise!
Die liebste Stelle war im fremden Haus ...
Doch dankbar hängt Dein immertreues Herz
An jenen Menschen, welche dort einst lebten,
Sich Dein erbarmten und Dich herzlich pflegten
Als schwach und hilflos Du.
Wenn Du im Dämmerlichte des Erinnerns
Mir sprichst von unsern frohen Kindertagen,
Dann wird lebendig mir die alte Zeit ...
Ich sehe einen unbeholfnen Buben
Mit sonnverbranntem Antlitz, großen Ohren,
Den heißen Kopf durch grüne Büsche stecken
Und schüchtern ausspähn, ob des Nachbars Mädel
Sich noch herumtreibt in dem großen Garten,
Und hör' ihn stotternd deinen Namen rufen
Und dreimal »Kuckuk!« schrein ....
Und meinem Lockruf bist Du rasch gefolgt;
Oh eine kluge Spielgefährtin warst Du mir,
Die ernsthaft-still an meiner Seite saß,
Wenn ich Geschichten, grause, ihr erzählte,
Die an des Ahnen Werktisch ich ersann,
Dieweil ich sorgsam Rad zu Rädchen fügte,
Und ringsumher die fert'gen Uhren schlugen,
Die meines Vaters Vater kunstvoll machte.
Zuweilen aber wollt' kein Schräubchen sitzen,
Wollt sich kein Rädchen fügen und kein Stein.
»Du wirst mir nie ein rechter Lehrling, nie!
Nie ein Geselle wie Dein Vater war,

Ein Meister niemals, wie ich selber bin ...«
So schalt der Alte, glotzte durch die Brille
So grimmig, daß ich jählings nimmermehr
Dein Stimmchen durch die Lüfte zittern hörte,
Das erst die Arbeit mich vergessen ließ,
Weil es, mich rufend, Ringel ringel-reihe!
Vom Gartenzaune leis' herübersang ....
Und dann die dämmerstillen Feierstunden,
Wenn Du mit Deinen nackten kleinen Füßen
Frischweg mit mir durch Feld und Thal gelaufen.
Denk ich daran, so fasse ich es kaum,
Wie schnell die Zeit verrann ...

Mir wird zu Muth' als säßen plötzlich wir
In jenem Hause bei den guten Menschen,
Als wären wieder Beide wir daheim
Und hätten niemals, niemals uns verlassen.
. . . .
Siehst Du, da steht das Haus und auf dem Sims
Da schnäbeln, drehen, zieren sich die Tauben;
Die Schwalben schießen zwitschernd hin und her,
Und auf dem Schornstein zanken sich die Spatzen.
Die kleinen Zicklein machen tolle Sprünge
Rund um den Haushund mit dem Zottelpelz,
Der vor der Thür liegt und sich heiser bellt,
Wenn Vagabundenvolk des Weges kommt.
Die schwarze Henne trippelt rufend glucksend,
Von einer flaum'gen Küchleinschaar umgeben
Vorsichtig durch den Hof.

Und erst die Bäume! .... Die breite alte Linde,
Der Fliederstrauch, der seine vollen Zweige
Bis an das Dach des niedern Hauses streckt
Und mit den blauen Blüthenbüscheln leise
Im Winde an die schmalen Scheiben pocht.
Die Schlehenhecken, die den Garten säumen,
Vermengt mit manchem wilden Rosenstrauch.
Die rothen Hagebutten und die blauen Schlehen,
Die gaben, aufgereiht an alte Wollenfäden,
Gar köstliches Geschmeide für Dich einst. –

Und draußen vor dem Zaune rechts und links,
Da stehen bei dem morschen Gitterthor
Die beiden steifen, schattenlosen Pappeln,
Die immer staubbedeckt und ängstlich scheinen,
Weil niemals frisches Grün die Blätter schmückt
Und stets ein Zittern durch die Zweige irrt.
Doch nun hinein in unser altes Häuschen ...
Statt einer Flur hat es die große Küche,
An beiden Seiten sind zwei Stuben nur,
Die geben Raum für karges Hausgeräthe,
Der grüne Ofen mit der plumpen Bank,
Der schwere Tisch mit festgefügten Bänken,
Darüber dann in einer Fensterecke
Mit Tannenreis umkränzte Heiligenbilder,
Das Messingherz mit blanken Flügeln dran
Und mitten drin das rothe Seelenlämpchen,
Das grobgeschnitzte Bettgestell voll hoher Kissen,
Die buntbemalte Truhe mit dem Sonntagsstaat ...
Das Alles steht vor mir bekannt und lieb,
Als wär ich dort gewesen all die Tage.
. . . .

Ganz unterm Dache aber steckt ein Stübchen,
In dem Nichts steht als nur ein Kinderbett.
Ein schläferiges Mägdlein kniet dort,
Das folgsam seine schmalen Hände faltet
Und mühsam nachlallt was die alte Frau
– Mit ihrem Wackelkinn und tausend Runzeln –
Ihm vorspricht, jedes lange Wort betonend,
Als müsse Gott das ganz besonders hören.
Am Fenster lehnt ein Mann mit weißem Haar
Und ernsten, starken, aber gütigen Zügen.
Er regt die Lippen nicht, er betet leise,
Und seine rauhe schwielenvolle Hand
Legt federleicht er auf des Kindes Köpfchen
Als übermannt vom Schlaf es flüsternd umsinkt
Und tiefe Athemzüge durch das Stübchen wehn.
. . . .

8.

Ich zog dann fort, und als ich wiederkam,
War leer das Haus ... Die Alten längst gestorben,
Das blonde Kind weit in die Welt gegangen ...
Ich mußte lange – lange – lange suchen,
Bis ich Dich fand ...

Bei harten Menschen fand ich wieder Dich,
Bei harter Arbeit ... Ohne Wunsch und Klage,
So müd und einsam, ohne Glück und Jugend ...
Da kam die Stunde, wo Dich innig liebte
Mein starkes Herz!

Wo ich, der Armuth und der Arbeit Sohn,
Um Dich, Du bleiches Kind des Elends, freite,
Das mich nicht liebte, aber mir vertraute
Und vor mir stand voll Schreck und scheuem Zagen
Und weinend schwieg. –

Doch als Du später Deine liebe Hand
Vor dem Altare legtest in die meine,
Als ich fünf Treppen hoch Dich junges Wesen
Herauftrug in die luftige Hochzeitskammer,
Da war ich stolz!

Viel stolzer als ein mächtiger Fürst,
Der seine Braut heimführt in goldne Säle ...
Du blinzelst, schüttelst kichernd Deine Locken,
Weil ich von jenem Tage wieder träume
Im Vollmondlicht ...

Weil ich die reiche Seligkeit,
Die damals mir geworden, ganz durchschwelge;
Doch horche nur, Du blonde Ueberkluge:
Das Häuschen, wo als Kinder wir oft spielten,
Schenk' ich Dir einst.

Vielleicht schon morgen kommt das Glück herauf
Und schüttet gelbes Gold in unsere Hände ...
Vielleicht bleibt es noch fort die kurze Weile

Und kommt dann ungesehen angeflogen
Ganz ohne Gold ...

Und doch das ganze Glück! ... Mich dünkt, ich hör'
Schon seinen Flügelschlag in solchen Nächten,
Und eine feine Kinderstimme flüstern:
Bald wirst Du mich in Deinen Armen halten,
Ich bin das Glück! ...

Bis dahin aber laß mein dunkles Haupt
An Deinen Knien lehnen, laß mich träumen,
In meine Zauberwelt entzückt versunken,
Umwoben von geheimnißvollen Mächten
Im Vollmondlicht.

9.

Ei lache nicht, es werden wohl
Noch einmal meine Träume wahr,
Wenn es nicht morgen kommen soll,
Kommt alles Glück doch über's Jahr.

Du bist die Jugend, ich bin jung,
Wir sehen weit, wir gehen weit,
Wir haben Muth und Kraft genung,
Vor uns liegt eine lange Zeit.

Ei lache nicht! und sage nicht,
Ich sei ein Träumer, ein Poet,
Du selber bist mir ein Gedicht,
Wie keines in den Büchern steht.

10.

Jetzt horche auf den Glockenschlag,
In meine Augen schau!

Vor einem Jahr, mit Stund und Tag,
Nannt' ich zuerst Dich »Frau!«

Hoch oben saßen wir allein,
Und draußen war es grau ...
Heut' sitzen unten wir beim Wein,
Der Himmel ist so blau!

Wo werden über's Jahr wir sein? ...
Ich weiß es schier genau!
Da führ' ins *eigne* Haus ich ein
Die junge *Meisters*frau.

11.

Du kannst tanzen?!
Dich zierlich schwingen,
An meiner Hand
Den Reigen schlingen?
Ich dachte nie dran,
Daß auch ich es kann –
Mit einmal fand
Dein eitler Mann,
Daß er tanzen kann!

Du kannst tanzen,
Dich flüchtig heben
An meiner Brust
Und weiter schweben!
Ich dachte kaum
Im seligsten Traum
An solche Lust!
Jetzt lacht Dein Mann,
Weil er tanzen kann!

12.

Du tanzest so schön! Mit neidischen Blicken

Verfolgen dich alle, mein zierliches Weib,
Die Frauen, sie zischeln, fragen und nicken,
Ich aber umspanne den blühenden Leib.

Geliebte, nur *ich* will dich leiten und führen,
Nur *ich* will dich pressen so fest an mein Herz.
Es darf dich kein Andrer zum Tanze erküren,
Mich streife dein Athem, *mir* lächle dein Scherz!

13.

Das ist der Frühling, mein junges Weib,
Er macht das Herz Dir klopfen,
Auf Deinen Blumenwangen glänzt
Der Thau in hellen Tropfen.

Das ist die Liebe, mein junges Weib
Die still Dich überkommen ...
Und die Dein zitternd-scheues Herz
Im Frühling Dir genommen.

14.

Nein! ... Nein!
Es ist
Kein Traum ...
Was jetzt wie
Einer Braut
Dir bang den
Busen hebt,
Aus Deinem
Auge schaut,
Durch Deine
Glieder bebt!
Es ist
Kein Traum ...
Nein! ... Nein!

Ja? ... Ja?!

Es ist
Das Glück!
Was Du mir
Anvertraut,
Erröthend,
Demuthsvoll,
Was ich nicht
Ueberlaut
In Lüfte
Jubeln soll ...
Es ist
Das Glück!
Ja! ... Ja!

15.

Viel schneller, als ich es gedacht,
Viel heller kam das Glück uns noch;
Wir wohnen ja fünf Treppen hoch,
Da hat der Storch es rasch gebracht.

Vom Kirchthurm flog er durch die Nacht
Mit seiner schlafbefangnen Last;
Nun küsse sanft den kleinen Gast
Und harre, bis das Glück erwacht.

16.

Ganz eingerahmt in weichem Flaum
Sind heute unsre Scheiben,
Ich sehe durch die Lücken kaum
Das wirre Flockentreiben.

Der Thurm hat eine Mütze auf
Schneeweiß, und Edelsteine
Umglitzern ihn bis an den Knauf
Im Wintersonnenscheine.

So guckt er freundlich aus der Fern'

In unser Nest das warme,
Als freute auch den alten Herrn
Das Kind in deinem Arme.

17.

Das Alles währt
Nur kurze Zeit,
Dann wird es jählings thauen,

Dann wird gar schnell
Im blauen Kleid
Der Himmel niederschauen.

Der alte Thurm
Wird wieder grau
Und alle Schwalben kommen,

Es kommen dann,
Allmälig, lau,
Maidüfte angeschwommen.

Sie locken Dich
Hin durch den Wald
Zu Deiner liebsten Stelle ...

Weib! ... wenn es thaut,
Dann bin ich bald
»Herr Meister!« – nicht Geselle.

18.

Wenn das weiße Mondenlicht
Durch die klaren Scheiben rinnt
Und Dein holdes Angesicht
Sacht mit Schleiern überspinnt,

Wenn das Kind an Deiner Brust
Träumend lächelt – fremd der Welt –

Ahnt mir, daß es unbewußt
Noch mit Engeln Zwiesprach hält ...

19.

Deine Locken sind es,
Dein Gesicht,
Nur bleich wie Du
Ist das Kindlein nicht.
Deine Stirne ist es
Und Dein Mund
Und auch Dein Auge
So kindlich-rund.
Dein Lächeln ist es,
Dein Zucken gar ...
Das immer
Heimliches Weinen war.

20.

Nicht gräm' Dich stumm ob unserer Noth,
Viel ist uns noch geblieben.
»Die Liebe ist stärker als der Tod!«
So steht es, mein Weib, geschrieben.

Nicht halte Deine Thränen zurück,
Vor mir dem treuen Gefährten;
Heut' liegt in der Wiege noch das *Glück*,
Und morgen tief in der Erden ...

21.

Doch schärfer als sonst ist der Schmerzenszug
Auf Deinem Antlitz ausgeprägt.
Du gönnest dir nicht Ruh genug,
Zu treu hast du das Kind gepflegt.

Doch weißer als sonst ist heute Dein Mund
Und Deine Augen glänzen erregt,

Du athmest mühsam! ... Thu mir kund,
Ob einen Wunsch Deine Seele hegt?

Und schwerer als sonst Deine kleine Hand
Sich plötzlich auf meinen Scheitel legt;
Du wirst so still ... Sag, was entschwand
Aus Deinem Aug' wie fortgefegt?

Und kalt und starr wird Dein holder Leib,
Dein Herz nimmer sanft an meinem schlägt ...
So rede, ... Weib ... mein Weib! ... Mein Weib!!
Herrgott! .... todt! ......

22.

Anzünden das Licht ...
Warum? – Wozu
Beleuchten
Die öde Ruh,
Das eigene Leid,
Die feuchten
Einsamen Kissen,
Das winzige Kleid,
Das zerrissen
Im Fenster schwebt,
Und bewegt vom Wind
So sachte webt,
Als trüg' es mein Kind ...
Das *gestern* – gelebt.

23.

Vorbei ...
Für allezeit!
Nichts blieb zurück!
Dahinter weit
Das Glück,

Dahinter fern
Alle Freud',
Jeder Stern!
Wohin ich seh',
Hilfloses Leid
Und Weh!

24.

Durch die frostige schweigende Nacht
Scholl dumpfes Klopfen
An meiner Thür;
Da hab' ich gedacht,
Du seist erwacht
Und sie haben mir
Dich heimgebracht ...
Oh! – Kalte Tropfen
Fielen auf diesen Traum der Nacht.

25.

Wie draußen Alles vorübertreibt,
Und wie sie Alle lustig sind;
Oft staut die Menge sich, dann bleibt
Am Werkstattfenster stehn ein Kind.

Das hebt sich auf den Zehen und schaut –
Oh wären doch die Scheiben blind!
Es lacht mich an vertraulich-laut,
Mein junges Weib! ... Mein kleines Kind!

26.

Ich habe mich heute redlich gemüht,
Die Schläfe pochen, die Stirne glüht,
So lange bin ich gesessen.

Ich fügte Rad und Rädchen geschwind,
Ich sprach mit Meister und Gesind,
Lern' ich also vergessen? ...

27.

Ein holdes Wort, ein weicher Ton
Zog seltsam durch mein Leben,
Im Vollmondlicht als Knabe schon
Hört' ich sein leises Weben.

Doch jählings ist der Zauber fort,
Der mich so lang umsponnen,
Der weiche Ton ... das holde Wort ...
Im Vollmondlicht zerronnen.

28.

Dahin sind sie,
Ich lebe noch –
Das Mondlicht fällt herein..
Fünf Treppen hoch,
Fünf Treppen hoch ...
Vereinsamt und *allein*!